健忘的爷爷

图书在版编目（CIP）数据

健忘的爷爷/（比）瓦力·德·邓肯文；（比）安妮·维斯特文图；王奕瑶译.
—济南：山东教育出版社，2017
（瓦力·德·邓肯作品系列）
ISBN 978-7-5328-9854-1

Ⅰ.①健… Ⅱ.①瓦… ②安… ③王… Ⅲ.①儿童故事–图画故事–比利时–现代
Ⅳ.①I564.85

中国版本图书馆CIP数据核字(2017)第184322号

山东省著作权合同登记号：图字 15 -2017-113

Text copyright © Wally De Doncker
中文简体字版由山东教育出版社有限公司在中国大陆地区独家出版发行
版权代理公司：北京百路桥咨询服务有限公司

JIAN WANG DE YEYE

健忘的爷爷　　　　　瓦力·德·邓肯作品系列

〔比利时〕瓦力·德·邓肯/文
〔比利时〕安妮·维斯特文/图　王奕瑶/译　张雯/审译
主管单位：山东出版传媒股份有限公司
出版人：刘东杰
责任编辑：杜聪
美术编辑：蔡璇
装帧设计：于洁
出版发行：山东教育出版社（地址：济南市纬一路321号　邮编：250001）
电话：(0531)82092664
网址：www.sjs.com.cn
印刷：上海利丰雅高印刷有限公司
版次：2018年6月第1版　印次：2018年6月第1次印刷
开本：880mm×1330mm　1/32　印张：2.875
印数：1-5000　字数：53千
定价：20.00元

（如印装质量有问题，请与印刷厂联系调换）
　　印厂电话：021-68919900

瓦力·德·邓肯作品系列

健忘的爷爷

〔比利时〕瓦力·德·邓肯／文
〔比利时〕安妮·维斯特文／图
王奕瑶／译
张雯／审译

山东教育出版社

谨以此书献给

马克·达尔哲
玛利亚·波普利尔护士
奥斯卡·范·格尔特
已故的弗兰西斯·德克勒
已故的罗伯特·维恩

老　了

爷爷
不再
像是
爷爷

　他
　突然
　什么
　都
　忘记了

爷爷
已经
不再是
爷爷

　他的
　眼神
　从我
　身边
　越过

爷爷
身体里的
那个他
已经不在

爷爷
已经

老了

爷爷累了

汉娜把自行车停靠在连排别墅的墙边。

她推开门，

凉飕飕的走廊里回荡着陈旧的铜铃发出的叮当声。

"爷爷，爷爷！"她大声喊道。

汉娜惊讶地环顾了门廊一圈，

到处乱七八糟的。

桌子下的两个盒子里装着土豆皮和生菜叶，

地上堆着一团团的报纸，

门廊里弥漫着一股难闻的臭味。

"爷爷，你在哪儿呢？"

没有人回答。

汉娜跨过乱糟糟的东西，

小心翼翼地推开厨房的门。

炉火开着，

爷爷坐在桌边，双手托着脑袋。

桌上满是信纸和泛黄的照片。

"爷爷！"汉娜喊道。

爷爷轻轻地呻吟着。

"你怎么了？"汉娜叫了起来。

爷爷吃力地抬起头，

他用发黄的眼睛看着汉娜。

爷爷满脸胡子拉碴，

"啊，是汉娜。"他用嘶哑的声音喃喃道。

他微笑着伸出手，

汉娜向他走去。

她想亲爷爷一下，但最终没有亲。

"这里太热了，爷爷。"

"孩子，我冷。"爷爷叹了口气说。

"你需要新鲜空气，爷爷。这里太臭了。"汉娜坚定地说。

她走到爷爷身后，试着把他扶起来。

爷爷吃力地站起来，跟着汉娜步履蹒跚地走到客厅。

她扶着爷爷坐到电视机前的座椅上。

"我筋疲力尽了，汉娜。

我无能为力了，一定要离开这里。"

墙上挂着一幅镶着边框的照片，照片上奶奶正微笑着。

"你马上就会感觉好些，主要是这里太闷热了……"她安慰爷爷说。

"不是的，汉娜，和闷热没关系。

我已经太累了。"

他看着奶奶的照片，

"我很快就来找你了。"他说。

他蜷缩着身体，开始大声抽噎。

汉娜拿了一把椅子，坐在他身边。

她把手搭在爷爷肩膀上，

"爷爷呀。"她强忍着自己的泪水安慰爷爷。

我身边的人

"真的，我不行了。"爷爷说。

爸爸妈妈悲伤地看着他。

"我连削土豆皮的力气都没有了，

我甚至连桌上的抹布都拿不动。

我已经没有任何力气了。"

"爸，是不是有点夸张了呀？"爸爸问。

"您可千万不能灰心呀。"妈妈在一旁给爷爷打气。

汉娜坐在沙发上，

她正在摆弄一个破旧的、伤痕累累的玩具娃娃。

莉娜姑姑和爸爸以前就玩过这个娃娃。

爷爷曾经打过爸爸一巴掌，因为他在爷爷的工作台上钉钉子。

为了报复，爸爸用一个大钉子扎了娃娃的身体。

"我有时候都没有力气去上厕所。"爷爷喃喃地说。

大家都沉默了。

汉娜数着娃娃身上圆圆的小孔，

肚子上十四个，脸上四个，左腿上五个。

爷爷从座椅上站起身来，手插裤兜，凝视着窗外。

妈妈望着奶奶的照片。

奶奶活着的时候，她的眼睛是闪闪发亮的。

去世后，她眼里的亮光就从照片上消失了。

一个人有没有过世，

可以从照片上看得出来。

爸爸给自己倒了一杯酒。

汉娜去抠娃娃的左眼，

眼珠从娃娃眼眶里滚了出来，弹到了地上。

她趴在沙发上，低下头看沙发下面，找弹在地上的眼珠，

沙发底下是几片发霉的面包，还有几块发干的奶酪。

"我厌倦了整天一个人待着的生活，

我想身边有人陪着。"

汉娜的手刚好能够着娃娃的眼珠。

"我要立即住到养老院去。"爷爷突然说。

"但是……"爸爸反对道。

"我要离开这里！"爷爷要求道。

"你这话不是当真的吧，爸爸，养老院真的不适合你。"爸爸坚持己见。

"我们可以叫人每周来清洁房子，

每餐都送热饭到家。"妈妈补充道。

"不，我要马上走！"爷爷用命令的语气说。

"再好好想想，爸，你可以下周再……"

"不！我受不了了！"爷爷吼道。

汉娜惊讶地看着爷爷，

她从来没有见过这样的爷爷。

"如果我不能去养老院，我就从楼梯上摔下去！"他一

边转身面向他们，一边威胁说。

　　"爸！别无理取闹了！"爸爸也吼了起来。

　　妈妈用食指轻轻地在桌面上画圈，

　　她伤心的时候就会这样。

　　汉娜把娃娃的眼珠塞回眼眶。

　　爷爷的脸颊上满是泪水。

　　汉娜把自己和娃娃藏在一块旧毛毯下。

一部分是汉娜

汉娜紧紧握着爷爷的手，

他们一起缓缓走向客厅。

"你们还来不来？"从走廊那边传来喊声。

爷爷没有回应。

汉娜用力握了一下他的手，

"爷爷，我们得走了。"她催促着说。

爷爷点了点头。

他在柜子前停了下来，

"你先去，我马上就来。"

汉娜跑到妈妈身边，

爸爸已经坐在汽车里了。

"爷爷说等一下。"她叫道。

她又跑回房子里，

汉娜不想把爷爷一个人留在那儿。

她坐在厨房的一张椅子上,从门缝里看着爷爷。

爷爷站在打开的柜子前,手里拿着一个雪茄盒。

他亲吻了一下雪茄盒,然后把它放回了柜子里。

汉娜安静地坐着。

爷爷要去养老院了,她感到非常伤心。

她望着朝向院子的窗户,

想起从前。

奶奶把洗好的衣物挂在晾衣绳上，

爷爷的短裤在风中摇摆。

奶奶唱着欢快的歌，

她笑意盈盈地向汉娜挥手。

"奶奶好！"汉娜和奶奶打招呼。

爷爷关上柜子。

他再一次仔细地环顾四周，把房间的图像印在自己的脑海里。

"汉娜！爸！"外面传来催促声。

爷爷弯下腰。

他哼哼着，抓起被戳破的娃娃。他轻摇着它，脸上露出微笑。

汉娜觉得有点奇怪。

"我可不能忘了你。"爷爷喃喃地说。

他打开门，

汉娜睁大了眼睛望着他。

爷爷张开双臂，

汉娜起身，向爷爷走去。

他把汉娜拥在怀里，

"你是我最喜欢、最喜欢的孩子。"他缓缓地一字一句地说。

"我爱你，爷爷！"汉娜一边说，一边把头埋在爷爷胸前。

爷爷紧紧地抱着汉娜。

他想让时间停下来，好好享受这一刻。

他需要拥抱，因为很久没有人这样抱过他了。

"汉娜！爸！"门外再次传来催促声。

爷爷放开汉娜，把旧娃娃递给她，

"给你的。"

汉娜的眼睛亮了，"真的吗？"她问。

"这个娃娃一部分是奶奶，一部分是爷爷，一部分是爸爸和莉娜姑姑。"他轻声说。

"还有一部分是汉娜。"她马上补充道。

"对，还有一部分是汉娜。"爷爷笑着给了她一个吻。

散　步

养老院的工作人员看到汉娜过来，就把门打开来。

她看都不看其他人一眼，径直走到爷爷房间。

爷爷坐在椅子上，目不转睛地盯着前方。

"嗨，爷爷！"汉娜冲爷爷打招呼。

爷爷没有反应。

"嗨，爷爷！"汉娜提高了嗓音说。

爷爷把头转向汉娜，慢慢抬起手，就像是电影里的慢镜头。

汉娜把书包放在柜子边上。

"放学啦？"爷爷问。

"是呀。"汉娜点点头。

"我再也不用骑那么久的车来看你了。"

"是啊。"爷爷微笑着说。

汉娜轻轻地在爷爷额头上亲了一下。

"你在这里都习惯了吗?"

爷爷耸耸肩。

"吃得不错。"他小声嘟囔。

"我们去散步吧?"汉娜建议道。

"好呀,为什么不呢?"

汉娜拉起爷爷的手,

爷爷穿着拖鞋在黑色的地板上缓慢地挪着。

一位老太太向他走来,

"咦。"她一边说,一边紧张地拨弄衣服上的纽扣。

她的双手一刻也不闲着,

"你们是从登德尔蒙德来的吗?"她结结巴巴地问。

"不是啊。"爷爷回答说。

"你是从登德尔蒙德来的吗?"她问汉娜。

"不是。"汉娜笑着说。

老太太把她衣服最上面的纽扣弄松了。

"如果你是从登德尔蒙德来的,可以向那里的巴特问
好吗?"

"我们会的。"爷爷点点头,把汉娜往自己身边拉了拉。

"别在意,她有点呆呆的。"爷爷说。

在走廊的角落,一位年长的护士正等着他们俩。

"希尔,准备和你孙女去散步吗?"

"是的,护士。"爷爷头也不抬地回答。

护士点点头，表示同意。

　　"我们回去吧，我不是很舒服。"

　　"怎么了？"汉娜不安地问。

　　"我觉得可能是吃多了。"他叹着气说。

所有的门都是打开的，

这里也充斥着一种奇怪、刺鼻的气味，汉娜想。

一位女士在走廊里推着助行架缓慢地往前走。

"这里是玛丽亚的房间。"爷爷指着说。

"玛丽亚是谁?"汉娜问。

"她时不时会来和我聊天。"爷爷微笑着说。

汉娜和爷爷一起走到房间门口,

"和你爸爸说,今晚一定要把奶奶的照片挂到我房间里。"

希尔姐

"爸，我给您带水果来了。"妈妈指着水果亲了一下爷爷的脸。

爷爷脸上露出笑容，朝汉娜挥了挥手。

妈妈告诉爷爷，爸爸和卡罗叔叔在清理房子。

爷爷点点头，但是没有在听。

他望着窗外。

"我出去转转。"汉娜说。

她不想继续坐着，

在三个房间的距离之外，她听见有人在大声唱歌。

汉娜来到走廊，

那个房间的门是开着的。

汉娜好奇地往里看，

一位穿戴整齐的女士正坐在椅子里慢慢地摇晃，眼睛

却一直盯着床上方的一张照片。

她都没有察觉到汉娜。

我租了一个带花园的房子，
周围环境很宜人。
看着朵朵鲜花盛开，
我就觉得自己像国王一样富有。

她唱着这首歌，

照片上年轻美女的眼睛正直视着前方。

她看上去有点像眼前这位老太太。

她的歌声突然停止了。

她吃力地搭着椅子扶手起身，

用食指摸着相框。

"我曾经是那么美丽。"她嘟囔着。

汉娜见到一个年长的护士过来了，于是赶紧继续向前走。

护士生气地看着汉娜，

"不要发出噪音！"她竖起手指说。

"护士阿姨，不是我。"汉娜有点害怕。

她没明白，

她不是没有发出响声吗？

汉娜继续在长长的走道里晃荡。

几个老人坐在沙发上聊天，

他们友好地冲汉娜招了招手。

汉娜觉得这里也不错，

你会时不时看到奇怪的事情。

特别是在这个走道里，

在这群痴呆的老人中间。

前段时间在爷爷家里实在太枯燥了，

她经常感到无聊。

"嗨，小姑娘！"某处传来沙哑的声音。

汉娜环顾四周，

一位穿着花裙子的女士向她眨了眨眼。

"您叫我吗？"汉娜问。

女士点点头。

"怎么了？"汉娜问。

"我迷路了。"女士伤心地说。

"你住哪儿？"

"我不记得了。"女士耸了耸肩，说。

她把自己发抖的手伸进毛衣口袋里。

"你是住这一排吗？"汉娜想知道。

"不知道。"

"你叫什么名字？"汉娜问。

"希尔妲。"她喃喃自语道。

"姓什么呢？"

"富林德？"她不确定地说。

"跟我来吧。"汉娜说。

"你知道我住哪儿？"希尔妲吃了一惊。

"我们看看房门上挂着的名牌就知道了。"汉娜解释。

希尔妲手挽着汉娜。

"到了。"汉娜指着名牌说。

"你确定吗？"

"当然啦！门口写着'希尔妲·富林德'。"

"富林德？"希尔妲迟疑着，看了看门口的小牌子。

"是的。"汉娜点头。

"是我。"

"是啊！"汉娜笑着说。

"你真是个聪明的孩子。"希尔妲惊叹道。

"呵呵……"汉娜耸耸肩。

"我可以进去吗？"

"当然了，希尔妲。这可是你的房间。"

"需要敲门吗？"

"当然不用了！"汉娜笑了。

"你真是个小可爱。"希尔妲边说边把汉娜拉到身边，亲了她额头一下。

汉娜急忙跑回爷爷的房间。

看着朵朵鲜花盛开，

我就觉得自己像国王一样富有。

她踏进爷爷房间的时候还能听见歌声。

从 前

汉娜很快打开她的书包。

爷爷瞪着大眼睛看着她。

她很小心地从大文件夹里面取出一张画,

　"这是给你的!"

　"谢谢你。"爷爷笑着说。

他仔细地端详着画,

　"一个警察。"他注意到。

　"就是你!"

　"我?"

　"是的,那时候爷爷还在警察局工作。"汉娜解释道。

爷爷点点头,若有所思地目视着前方。

　"那是一段美好的时光。"他感叹着。

　"你正在给违章停车的人开罚单。"

“是牧师。”爷爷暗自笑了。

“你曾经给牧师开过罚单吗？”汉娜问。

“当然了，他们也是人嘛。”爷爷笑着说。

“你觉得我画得好吗？”汉娜问。

爷爷再次仔细地看了看汉娜的画。

“站在房子边上的是谁？”爷爷指着问。

“是奶奶。”汉娜说。

“为什么画上奶奶呢？”

“她在等你回家吃青口。”

“是吗？”爷爷哽咽着说。

“嗯，你觉得这画怎么样？”

“我觉得特别棒。”他微笑
着说。

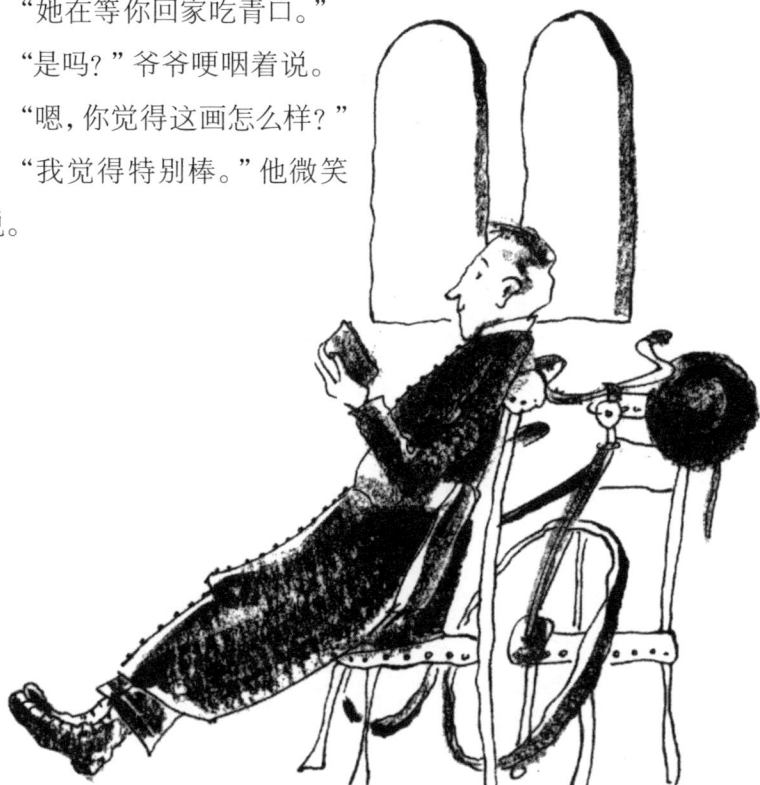

"我可以把画贴在柜子上吗？"

爷爷想了想，

"不用了，把它带回家吧。"

"可这是专门为你画的……"汉娜急了。

"不，把它挂在你自己的房间吧。"

汉娜伤心地望着前方。

"我花了这么长时间才画好的……"她抱怨道。

爷爷把她揽进怀里，

"汉娜，你好好听着，"他安慰汉娜，"我很高兴你专门为我画了这幅画，这是我收到过的最好的画。"

"真的吗？"

"你爸爸都没有画过这么好的画。"

汉娜笑了。

"那你为什么不要呢？"

"我从前很喜欢当警察。"他说道，又想了一小会儿。

"但是，从前毕竟是从前。

那时我还年轻，

还很健康。

我爱着你的奶奶。"

"那时候你还喜欢吃青口。"汉娜补充道。

"没错。"爷爷点点头。

"但是，过去的就过去了，

回想过去让我心痛，汉娜。"

汉娜拿起她的画，把它放回书包。

"我比爸爸画得好？"

"好多了。"爷爷微笑着说。

帽　子

爷爷为同一桌的其他人倒咖啡，

汉娜挨着爷爷坐在旁边的椅子上。

坐在爷爷边上的老头儿头搭在桌子上，

他的帽子戴歪了，帽檐朝后。

他什么话都不说，也不对别人的话做出任何回应。

"他怎么了？"汉娜问。

"他是盲人。"爷爷小声说。

护士把装着药丸的小杯子放在每位老人面前。坐在爷爷对面的女士一次把所有的药丸都吞了下去。

"你要配着咖啡吞服。"同桌的人异口同声地说。

"看着。"爷爷说，然后给那位女士做示范。

他从小杯子里面拿出一颗药丸，

把它含在嘴里，喝了口咖啡，然后才咽下。

女士惊讶地看着他，时不时地吐出舌头。

"看明白该怎么做了吗？"爷爷问。

女士固执地摇摇头。

"我想怎么做就怎么做。

谁也不能给我下命令！"她怒吼道。

她把脸扭向另外一面。

她吐出舌头，像一条威胁别人的蛇。

护工把用保鲜膜包在盘子上的三明治分给老人们。

"为什么每个盘子上都有名字？"汉娜问。

"有的人不能吃肉，

有的人的面包里面不能加盐。"护工友好地说。

爷爷盯着墙。

那个双目失明的老人撕开包着三明治的保鲜膜，把三明治塞进嘴里，狼吞虎咽起来。

"你在等什么呢？"汉娜问。

"我还不能吃。"爷爷喃喃。

"为什么不能？看哪，其他桌的人都开始吃了。"汉娜说。

"不，我还不能吃。"爷爷重复道。

另一个护工拿着大围兜过来了，

她也给爷爷戴上了一个。

"爷爷！"汉娜生气地叫起来。

"怎么啦，孩子？"他问。

"你不会要戴着围兜吃吧？"

"为什么不呢？就应该这样，

不然我会把东西吃到裤子上的。"他解释说。

汉娜简直不敢相信自己的眼睛，

同桌的还有三个老人也戴着围兜。

爷爷开始吃三明治。

"你的三明治上加了什么？"他问对面的女士。

"萨……萨……拉米。"她结结巴巴地说。

"哎，我的又是奶酪。"他说。

其他人点点头，笑了。

爷爷把三明治扔到桌上。

"爷爷! 不可以这样! "汉娜大声地说。

"我不要吃奶酪!

我要萨拉米! "他生气地说。

"爷爷, "汉娜恳求道, "请把你的三明治吃完吧。"

有个护工走到爷爷面前,

"怎么了? "她问汉娜。

"他不要奶酪, 他只要加萨拉米。"汉娜不好意思地小声说。

"但是希尔……你刚刚点的就是奶酪啊。"护工说。

"是的, 但是我现在想吃萨拉米了。"爷爷嘟囔着。

"那不成。你得把这个三明治吃完。"

"不。"爷爷喃喃说。

"那行, 你就没得吃了。"

爷爷一动不动地坐了一会儿, 最后还是拿起了奶酪三明治。

"这就对了。"汉娜松了一口气。

"嗯。"爷爷说, 耸了耸肩。

"和你爸爸说明天带一顶帽子来。"

"什么帽子? "汉娜问。

"和那顶一样。"他指着坐在他旁边的老人的帽子说。

丽希尔

汉娜把书包搁在爷爷房间的门边上。

爷爷正坐着和一位头发灰白的女士看电视。

"我来啦!"汉娜喊道。

他们都没有反应。

汉娜走近他们,

爷爷和那位女士手拉手坐着。

当汉娜走进房间时,他们吓了一跳。

"被我抓住了。"汉娜笑道。

"哈!"爷爷说,同时把那位女士的手松开了。

汉娜用手捂着耳朵,

"电视开得太响了!"她叫着。

女士起身把电视机关了。

汉娜亲了亲爷爷。

"你是谁？"女士问。

"这是我儿子的女儿，

你知道的。"爷爷说。

"哦，你好呀！"她向汉娜打招呼。

汉娜迟疑了一下，

她看了看奶奶的照片，

她会怎么想？

汉娜伸出手，

但她一触到女士的指尖，很快就把手缩了回来。

"你不是我的奶奶！"

女士张开牙齿掉光的嘴笑了，

"我当然不是你奶奶。

我也不想变成她。"

"那你为什么和我爷爷手牵手？"

"我只是你爷爷的一个伙伴，

没有特别的关系。"她回答。

汉娜重新看了看奶奶的照片，

奶奶正自豪地望着她。

"那就好。"汉娜说罢，终于伸出手。

爷爷笑了。

"丽希尔呀，这位是玛丽亚。她常常过来和我聊天。"他笑
着说。

汉娜奇怪地看着爷爷。

为什么他现在叫我丽希尔?

我不是丽希尔呀,

丽希尔是莉娜姑姑的女儿,

他是知道的!

难道是因为这个玛丽亚在,爷爷故意的吗?

玛丽亚走过来,

她抚摸着爷爷的脸。

"我走了,你好好陪着你的丽希尔。"她说。

"我不是丽希尔!"汉娜生气地说,

"我是汉娜。"

"你当然是汉娜了。"爷爷乐了,"谁叫你丽希尔了?"

玛丽亚亲了亲爷爷的嘴，然后走出了房间。

汉娜惊讶地看着这一切，

她被搞糊涂了。

笔记本

"今天天气不错。"爷爷说。

汉娜坐在爷爷的床上。

爷爷的床比她的床高多了。

墙上挂了一个相框,里面有一排排爷爷的奖章,

一共六枚。

"孩子,来看看我的闹钟。"爷爷说。

闹钟在他床头柜打开的抽屉里。

爷爷拿出闹钟。

"走得还准吗?"爷爷问。

"不准了,"爸爸看着他的手表说,

"嗯,它快了十分钟。"

"我早就知道了。你能把它调好吗?"

爸爸把较长的指针转回来。

爷爷突然站了起来，

"我的笔记本呢？"他不安地问。

"你现在要笔记本做什么？"爸爸笑着问。

"我在里面夹了钱。"他回答。

爷爷把大柜子打开，翻找每一层。

他又打开每个箱子和盒子，全都找了一遍。

他关上柜子，一动不动地站在那。

汉娜和爸爸面面相觑，一脸茫然。

爷爷把闹钟从他的床头柜抽屉里拿出来，

又把抽屉里每本书和每张纸都拿了出来，

仔细地翻看。

"爸，你可以过一会儿再找。"爸爸不耐烦地说。

"不行，我现在就得找到。"爷爷边说边走向衣柜。

汉娜拿起一本杂志，开始翻阅。

爷爷开始翻每一件衣服的口袋。

爸爸坐在那儿无聊地玩手指。

"爸，你已经找了一刻钟了！"爸爸低声抱怨道。

爷爷没有反应，继续在一叠毛巾里找。

朱丽叶公主有了一个新朋友，汉娜读道，

美国总统的猫昨日被找回。

"你摸过自己的裤子口袋吗？"爸爸问。

爷爷惊讶地看了看爸爸。

他用手摸了摸裤子后面的口袋，小心翼翼地从口袋里拿出一个小本子。

"就是这个。"爷爷笑了。

汉娜把杂志扔在一边。

"你看吧！"爷爷对汉娜说，

"我找到啦！"

"太棒啦！"汉娜拍着手，欢呼雀跃。

本子上有爷爷屁股的印子。

他一页页翻开，

本子中间是一张纸币。

他把纸币凑到眼镜前，

"就是它了。"他笑了。

爷爷把纸币递给汉娜。

"拿着，是给你的，丽希尔。"他微笑着说。

汉娜摇摇头，接过纸币。

"爷爷！我不是丽希尔啊……

我是汉娜。"她大声说。

"噢噢，当然了。"爷爷叹了口气，坐回椅子上。

"我最近忘记太多事情了。"他喃喃道。

橙　子

妈妈从汽车的后备箱里拿出一袋橙子。

汉娜环顾四周，

"莉娜姑姑！"她喊道。

"哪儿呢？"妈妈问。

"她刚刚出来。"汉娜边说，边挥手打招呼。

莉娜姑姑看见她们，冲她们微微一笑。

她分别吻了妈妈和汉娜。

"爷爷怎么样了？"妈妈问。

"不太好。"莉娜姑姑担忧地叹气。

她看见妈妈手上拎着的袋子，

"不会又是橙子吧？"她问。

"就是橙子，"妈妈惊奇地说，

"他昨天让我带两斤过来。"

莉娜姑姑摇摇头，

"我刚给他两斤。"

"他肯定忘记是让谁带了。"妈妈说。

"我先去找爷爷了。"汉娜说。

"再见，可爱的汉娜。" 莉娜姑姑挥手。

汉娜跑进楼里，

她远远地看到爷爷在走廊里走着。

他手里拎着袋子走进一个房间，一会儿又走了出来。

汉娜停了一小会儿，然后飞快地奔向爷爷。

"爷爷！"她喊道。

他看了一下周围，又走进了另外一个房间。

汉娜等他从那个房间里出来。

袋子已经空了，爷爷把它压瘪。

"你在干嘛呢？"汉娜疑惑地问，同时亲了爷爷一下。

"我刚刚拿到了橙子。

我把它们分了。

这里有这么多老人，

这么多身体虚弱的人。

他们从我这儿拿到东西总是很开心的。"他说。

妈妈把一袋子橙子放到爷爷的桌子上。

汉娜坐在爷爷床上。

"爸，你好呀，这是你要的橙子。"

"终于买来了。"他说。

妈妈疑惑地看着他，

"怎么了，终于？"

"大热天的我就想吃个小橙子。"

"这样啊……"妈妈轻声地说。

"有人今天来看过你吗？"她明知故问。

爷爷想了想，

"没有。"

"没有吗？"妈妈问，"你再仔细想想。"

爷爷紧皱眉头，

"还真没有。"他说。

"爸呀，莉娜刚刚才走。"

"莉娜？"爷爷问。

"对，莉娜姑姑。"汉娜附和说。

"没，莉娜今天没来，倒是来了一位提着一袋橙子的女士，但是我不要她的橙子！"

"爸，别瞎闹了，

是莉娜给你的橙子！"妈妈大声说。

"对，昨天。她昨天来过了。但是她没有带橙子来。"

汉娜和妈妈看着爷爷。

"他是认真的吗，

还是在和我们开玩笑？"汉娜不由自主地问道。

"那位女士的橙子哪儿去了呢？"妈妈边东张西望，边问。

"我把橙子分了。我可不拿陌生人的东西。"爷爷嘀咕着。

姜　饼

"我今天早上洗过澡了。"爷爷说。

他和汉娜在走廊散步。

"希尔,那是你孙女吗?"一个驼背的男人问。

他拖着步子靠近他们。

"我成功了!"他欢呼着,伸出四根手指。

"是吗?"爷爷问,显然他知道这个人指的是什么。

"是的,挺早之前的事了。

我修好了四个灯泡,是不是很棒?"那个人骄傲地说。

"啊哈,是很棒。"爷爷也说。

"他们说我帅呆了。"他笑着说。

"我今天早上洗过澡了。"爷爷说。

"你可以自己上厕所吗?"那个人问汉娜。

"呃……"汉娜吓了一跳。

她不知道该怎么回答。

"年轻的时候都没问题。"爷爷替她回答。

爷爷挽着汉娜继续前行。

"我今天早上洗过澡了。"

"好的,爷爷,你已经说过了。"汉娜说。

一位清洁员推着装有扫帚的小推车往前走。

"嗨,希尔,和你孙女出来玩?"她友好地打招呼。

爷爷吓了一跳,朝她那边看了看。

"嗨,西蒙娜,"他小声说,"你过来一下。"

汉娜站在那儿。

清洁员朝爷爷走来。

"西蒙娜,"爷爷迟疑着说,"你知道的……"

"什么?"她问。

"那个……"爷爷吞吞吐吐。

汉娜看了看那位女士,耸了耸肩。

"你说吧,希尔。"她说。

"呃,你来打扫我的房间吗?"

"今天不来,明天来。"她回答。

"哦,好的。"爷爷松了口气,点点头。

"我今天早上洗过澡了。"

"很好哦,希尔。这么暖和的天洗澡肯定很舒服。"清洁员
笑着说。

"是呀。"爷爷也笑了。

他们走到了走廊的尽头，

然后往回走。

"让我在这里休息一会儿。"爷爷叹了口气，说。

他靠着墙。

"我不喜欢她清洁我的房间。"他突然说。

"为什么呢？"汉娜问。

"她什么都偷。昨天拿了我一盒姜饼，

上周还拿了我的钱。"

"你肯定吗？"汉娜问。

"走吧，我们回去。"他仿佛没有听到汉娜的问题。

他们一小步一小步地挪回房间。

爷爷气喘吁吁地坐在电视机前的椅子上。

"我可以吃个饼干吗？"汉娜问。

"你去拿吧，你知道饼干在哪里。"爷爷点了点头。

汉娜打开柜子，

姜饼还是在它原来的位置上。

她把饼拿给爷爷看，

"爷爷，我以为姜饼被偷走了。"

"哦，还在那里？"爷爷问。

"这里的人都不可信，丽希尔，谁都不可信。"他重复道。

汉娜拿了一块姜饼，

味道很不好。

她一脸嫌恶地看着袋子上的保质期，
然后偷偷地把袋子扔进了垃圾桶。

洞

"哈喽——噢——"汉娜高兴地唱着歌。

爷爷一言不发。

他在睡觉吧，汉娜想。

她把书包小心翼翼地放在衣柜旁边。

"爷爷呀！"她充满爱意地轻声说。

她走到爷爷面前，吻了吻他的额头。

爷爷睁开一只眼，微笑了一下，然后又把眼睛闭上了。

"你觉得累吗，爷爷？"她问。

"不，我在思考。"他说。

"思考什么呢？"汉娜问。

"思考我的死亡。我觉得自己一天不如一天，好像身上到处都是洞。

我感觉自己的生命在慢慢流逝，

而自己却没法抓住。"

汉娜不太懂爷爷的话。

"汉娜啊。"爷爷叹着气说。

咦，他这次没说错我的名字，她松了口气。

"在这儿，我的生命每天都在慢慢逝去。"

"但是，你脸色很好，看上去很健康！"汉娜不同意爷爷的说法。

"看上去是的。"爷爷咳嗽了几下，睁开眼睛。

他用苍老的手遮住自己的脸，开始轻声地哭泣。

汉娜坐在他身边的扶椅上。

她用双手抱住爷爷。

"我亲爱的最爱的爷爷。

我希望你永远都在我身边。"她边说边抱紧他。

脚

"我腿疼。"爷爷一脸痛苦地说。

"我给你抹点药膏?"汉娜问。

她常给妈妈按摩腿,

如果她俩玩美容院的游戏的话。

"好主意。"爷爷点点头。

"药膏呢?"汉娜问。

"在那儿。"爷爷指着说。

他卷起裤腿。

药膏在洗漱台边上。

汉娜拧开软管药膏的盖子。

"要脱袜子吗?"爷爷边脱鞋边问。

汉娜拿起一块毛巾,

双膝跪在上面。

她小心翼翼地脱下爷爷的厚袜子。

看到爷爷的脚，她吓了一跳。

脚全青了，上面的皮肤像鱼的鳞片。

她都不知道自己敢不敢按摩这样的脚。

妈妈的脚是细嫩光滑的。

她迟疑了。

"丽希尔。"爷爷说。

他又叫错了，汉娜想。

但是这次她没有更正爷爷。

"哎。"汉娜一边哽咽着回应，一边轻轻地挤药膏。

一条白色药膏被挤到爷爷脚上，

汉娜开始轻轻地抹药膏。

爷爷脚上的鳞片也慢慢脱落了。

爷爷的背深陷在座位靠背里，

他闭着眼睛，微笑着。

"太舒服了。"他打了个哆嗦说着。

"你奶奶以前也这样给我按摩脚。"

汉娜很高兴自己能让爷爷开心。

门外突然传来敲门声。

护士给爷爷拿眼药水来了。

"希尔，你挺会享受啊。"她微笑着说，朝汉娜眨了眨眼。

她手上拿着眼药水瓶，

"医生说了，一次三滴，滴完后等两分钟……"

"我在外面等吧。"汉娜说。

爷爷将头向后仰着。

汉娜站在走廊公告栏旁边，

例汤、猪肉配四季豆、糕点，她读了一遍上面的菜单。

老护士慢慢走过来，

她走到汉娜面前。

"不要在走廊上跑！"她严厉地说。

汉娜没出声，

她耸了耸肩。

我没有在走廊里跑，你这个老家伙，汉娜心想。

她数地砖的时候听到老护士在继续给人发禁令。

护士从爷爷房间里出来了。

"我弄好啦。"她笑着说。

爷爷依旧坐着，裤腿还卷着。

他笑了。

"嗨，丽希尔，真高兴你来了！"他神采奕奕地说。

"放学啦？"

汉娜满是惊讶地看着爷爷。

"当然了。"她说。

"你来看我太好了。"爷爷又笑了。

"你不亲我一下？"

"爷爷呀，我刚刚还在给你按摩脚呢。"她说。

"你说什么呢？"爷爷问。

"你看，你的裤腿还没有拉下去呢。"她笑了。

爷爷没有回答。

她又坐在毛巾上，继续轻柔地按摩爷爷的脚。

美丽的风车

妈妈和汉娜走进爷爷的房间。

"你好!"有人打招呼。

妈妈和汉娜转过身,

"他在小厅里。"护工指了指小厅的方向。

于是她们向小厅走去。

妈妈的高跟鞋嗒嗒作响,

汉娜的运动鞋悄无声息。

她们来到小厅门口,

二十来个老人呈半圆形围坐在一个录音机边。

在那风车边,

那个美丽的风车……

他们唱跑调了。

爷爷没有加入合唱队伍，

他眼望着前方。

护工想办法让所有人都一起唱。

她站在椅子上指挥。

汉娜觉得很有趣，于是找了个空位子坐下。

老人们看见汉娜，唱得更大声了。

他们也开始随着歌声左右摆动。

爷爷依旧目视前方，

他都没有看到汉娜。

我看到斯海尔德河畔的灯光……

汉娜没有跟着唱，因为她没听过这首老歌。

一位坐在轮椅上的老人高兴得要从轮椅上跳起来，

幸好护工把他按了回去。

一位卷发老太太慢慢地靠在了身边老太太的肩上，身体缓缓滑了下去。

她的头几乎滑到身边老太太的大腿上。

"伊尔玛，你整个人都坐歪了！"其他人还在继续唱，护工叫道。

"真的吗？"她惊奇地问。

她自己几乎无法坐直。

汉娜拽住她的左臂，拉她坐直了。

啊，如果我在家陪着妈妈就好了。

有人忽然唱了这么一句。

汉娜摇摇头，

"那是另外一首歌。"她说。

那位女士笑了，继续欢快地唱下去。

录音机的声音被调高了。

"我租了一个带花园的房子。"

"那是一首很老的歌。"坐在汉娜身边的人大叫着说。

穿着绿外套的老太太站了起来，张开双臂跳起舞来。

她做出手上拿着麦克风的姿势，然后把"麦克风"送到爷爷嘴前。

爷爷生气地把她的手推开了。

空 气

爷爷坐在养老院的大厅里，等汉娜和爸爸进来。

他的帽子放在大腿上，

身上已经穿上了雨衣。

"爸？"爸爸吃惊地说。

"嗨。"爷爷笑着伸出了手。

汉娜亲了他一下。

"你为什么拿出帽子来了？"爸爸问。

"你带我去村子里吧？"爷爷请求道。

"为什么呀？"爸爸问。

"我想再看一眼我的村子。"爷爷叹息道。

"好呀，为什么不呢？

我开车来的。" 爸爸说。

"太好了。"爷爷松了一口气，笑了。

"来吧。"汉娜说。

爷爷费力地站起来，

汉娜和爸爸分别伸手去扶爷爷。

爷爷弓着腰，一小步一小步挪到了外面。

他呼吸沉重，

每走五米就要停一下。

"车在那儿！"汉娜指着车说。

"好。"爷爷喘气着说。

爸爸把车门打开，

爷爷迟缓地从车门爬进去。

他花了好一会儿才坐好，

然后大口大口喘着气。

汉娜坐到了车的后座上。

爸爸发动汽车，出发了。

"你买新车了。"爷爷说。

"爸，这辆车已经买了五年了！"爸爸解释说。

爷爷一路上都盯着前方。

十分钟后他们到了教堂。

"佐格教堂！"汉娜指着说。

"这是我的教堂吗？"爷爷惊讶地问。

"当然了。"爸爸回答。

"我要葬在这里。"爷爷决定。

"爸呀……"

"我不可以这么说吗，孩子？"爷爷说。

"当然了，但是……"

爷爷不再看那个教堂。

"现在是谁住在我的房子里？"爷爷问。

"弗兰斯的女儿，她的丈夫和两个孩子。
你知道的哦……"

爷爷点点头。

"现在谁住在我的房子里？"爷爷又问。

"你老邻居弗兰斯的女儿！"汉娜朝爷爷的耳朵喊道。

"是吗？"爷爷喃喃地说，"我都不知道。"

"爸，我都和你说过十次了。"爸爸不耐烦地说。

"开去那儿看看！"爷爷说。

爸爸径直开过停车场。

爷爷看都不看村子一眼，

他闭着眼睛。

他们在爷爷的房子前停下。

"我们到了！"汉娜欢快地说。

爷爷睁开眼睛。

他看着房子，微笑了一下。

"我喜欢这幢房子。"他说。

"我们下车吧？"爸爸说。

"不，继续开吧。"

爸爸耸耸肩。

"你想怎样就怎样吧。"爸爸说罢，继续开车。

"现在谁住在我的房子里？"爷爷问。

"弗兰斯的女儿。"爸爸和汉娜同时说。

爷爷突然开始剧烈地咳嗽，

脸色都变紫了，

眼里咳出了泪水。

爸爸把车停在路边，

他用手掌拍爷爷的背。

咳嗽止住了。

"谢谢。"爷爷嘟囔着，"我差点窒息了。"

汉娜和爸爸关切地看着爷爷，

他脸上的紫色慢慢消退。

"你可以开去小教堂吗？"爷爷问。

"奥弗洛帕路那个？"爸爸猜。

"是的。"爷爷点了点头。

"好的。"

几分钟后他们到了小教堂。

爷爷打开车窗。

"要下车吗？"爸爸问。

"不用了，我只想再呼吸一下佐格的空气。"

他深深吸了一口气，

"这是我的空气。"

汉娜惊讶地看着他。

"我就是在这儿认识安娜的。"

他把车窗关上。

"现在送我回去吧。"他轻轻地说。

爸爸点头，发动汽车引擎。

爷爷向小教堂挥了挥手，

"再见了佐格！

永别了！"他小声说。

大舌头

爷爷坐在轮椅上，

轮椅上装了一个小桌板，

桌板上放了一个铃。

看到他这么坐着，汉娜吓了一跳。

"爷爷!"

爷爷抬头看，很吃力地伸出手。

"你怎么坐轮椅了?"

爷爷用手指着自己的右肩，

"我弄堂……弄疼自己了。"

"让我看看。"汉娜担忧地说，然后小心翼翼地拨开爷爷的衬衣领子。

爷爷肩上有一块很大的淤青。

"怎么回事啊?"她吃惊地问。

"我……我……从野子……椅子上摔下来了。"爷爷解释。

他说话十分吃力，

说起话来有点大舌头。

"可怜的爷爷。"汉娜叹息道。

爷爷耸耸肩。

"一个铃。"他指着说。

"是的。"汉娜点点头。

他摇摇铃，

"我要去车所的时候，就得叫护工……"

"厕所。"汉娜更正道。

爷爷点点头。

玛丽亚敲了敲门，走了进来。

"嗨，希尔，感觉好点了吗？"她问。

"他从椅子上摔下来了。"她对汉娜说。

"我知道。"汉娜说，

"他刚刚和我说了。"

玛丽亚给他看一个剥了皮的橙子，

爷爷咧开嘴笑了。

"哈哈，橙纸！"他大笑着说。

"橙子。"玛丽亚更正说。

"水果有益健康，你很快就会感觉好多啦。"

爷爷点点头。

"现在要吃一瓣吗？"她问。

"不用了，谢谢。"爷爷说。

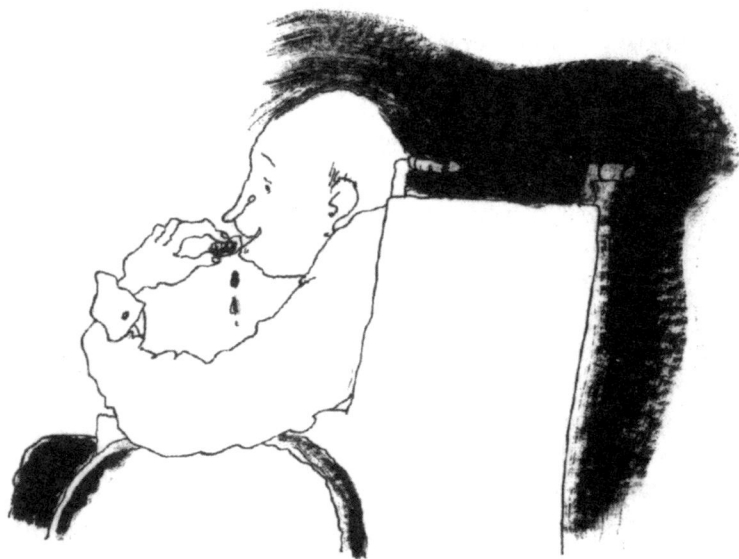

她一直盯着爷爷看。

他到底是怎么了，

能做的事情越来越少了。

克拉拉

爷爷一直闭着眼坐着。

汉娜把他推到桌子边,

那里每个人的轮椅前都有一个小桌板。

一位女士坐歪了。

"嗨,希尔。"爷爷身边的女士笑着说。

爷爷一言不发,

他的眼睛依旧闭着。

汉娜把牛奶倒进小杯子里。

一位光头女士突然开始哭泣,

"他们把我从家里接走。

我的土豆刚刚长成。

我还得洗澡,熨衣服。"她咧着嘴哭着说。

"别哭了。"坐在另外一桌的希尔妲喊道。

"好了,微诗格,我们都爱你,你知道的。"

微诗格点点头。

"是的，但是我还得去买菜。"她哭泣着说。

爷爷睁开眼，

"别再抱园……抱怨了！"他睁开眼咆哮了一声，然后重新闭上眼睛。

"爷爷！"汉娜不满地说。

护工把盘子摆上桌。

汉娜把上面的保鲜膜取下来，

把餐盘送到每位老人面前。

她知道所有老人的名字。

随后，她为他们系好围兜。

爷爷闭着眼睛把三明治塞进嘴里，

他几乎嚼都不嚼就一口吞下肚子。

"爷爷，慢点吃。"汉娜说，

"不然会噎着的。"

"嗯。"爷爷应着，嚼得慢了些。

但是没过几分钟，他又开始狼吞虎咽起来。

爷爷的腮帮子圆鼓鼓的，

咖啡从嘴角流了出来。

克拉拉把她的三明治掰成一小块一小块的，

她时不时分给爷爷一块。

爷爷每次都还回去。

"把它吃了，希尔！"她严厉地说，"不然你永远长不

高。”

　　她又把一块放到爷爷盘子里。

　　汉娜帮忙把布丁的盖子打开。

　　克拉拉拿了自己的布丁，往里面倒了点咖啡。

　　咖啡从布丁边缘滴了下来。

　　“不能这样。”汉娜吓了一跳。

　　她从克拉拉手里拿回布丁。

　　“嘿！可恶的小偷！”克拉拉喊道，“别碰我的布丁！”

　　她开始大声尖叫，

　　挥手打飞了桌上的小杯子。

"克拉拉!"护工边喊边快速向她走去。

汉娜困惑地站到一边。

"小偷!可恶的小偷!"克拉拉继续尖叫。

护工把轮椅向后拉,然后赶紧把克拉拉推回她自己的房间。

"小偷!小偷!"走廊里回响着她的尖叫声。

汉娜开始小声哭泣。

爷爷抬起手,

汉娜走到他身边。

她把手放到爷爷手里,

他紧紧地抓着汉娜的手。

"亲爱的丽希尔。"他安慰说。

尿 布

爷爷弓着腰坐在轮椅上睡觉。

他的眼睛肿了,

嘴张着,

他在睡觉。

"爷爷,爷爷。"汉娜喊道。

他没有抬头。

汉娜用手帕把他的嘴角擦干净。

爷爷睁开了左眼。

"哈。"他叫了声,然后继续睡觉。

汉娜把轮椅拉到自己身边。

爷爷的衬衣脏了,上面满是污点。

"爷爷,是我,汉娜!"她大声说。

爷爷依然弓着腰睡着。

汉娜专注地端详着他。

你能听见我吗？

为什么我来了你都不睁开眼睛呢？

你不再是去年的爷爷。

那时我们一起在草地散步。

你还记得吗？她想。

奶奶看到你现在这样坐着肯定会觉得奇怪。

爷爷，爷爷。

我爱你。

你还在吗？

爷爷睁开了双眼。

"护工，护工！"他开始喊叫。

他拉扯着自己的睡裤。

"爷爷，怎么了？"汉娜吃惊地问。

"护工，护工！"

汉娜按下了按铃上的小按钮，

红灯开始闪烁。

他又闭上了眼睛，

不停地抓自己的尿布。

"别碰尿布，爷爷。"汉娜不安地说。

一位护工精神奕奕地走进房间。

"护工！护工！"爷爷喊道。

"要上卫生间？"她问。

爷爷点点头。

护工把卫生间的门打开，推着轮椅上的爷爷进去了。

汉娜走到外面。

红灯不闪了。

"让他在这儿待一会儿，我一会儿就回来。"她对汉娜说。

一只知更鸟在内院的桌子上啄面包屑。

"护工，护工！"她突然听到爷爷房间传来叫声。

护工走了过来。

第一批树叶飘落到地上。

汉娜回想起从前。

她和爷爷在树林里面散步。

周围的一切都是棕色的。

阳光很好。

汉娜带了一个塑料袋。

她在捡掉落在地上的栗子。

爷爷跟她一起找。

不一小会儿他们就捡了整整一袋子。

散完步后他们坐在露台那儿喝柠檬汁。

"好了，给他换上干净的了。"护工说。

汉娜走进房间。

爷爷换了件睡衣。

他的脸擦洗过了，稀疏的头发梳到了后面。

汉娜吻了一下他的前额。

"爷爷再见，我要回家了。"她对着爷爷的耳朵轻声说。

爷爷一言不发，

甚至连眼睛都没有睁开一下。

玩具娃娃

汉娜坐在浴缸里。

她的塑料鸭子在沐浴露泡泡上漂浮着。

她拿起自己的玩具娃娃，

洗它红色的小脸。

她用洗发水给它洗头发，

她用手指给它按摩。

她把整个娃娃浸在水里，将它彻底洗干净。

水冒着泡泡。

汉娜把它压在水底，一直到泡泡消失。

她从水里取出娃娃，

水从它瘦小身体上的小孔里流出来，

从它脑袋上的，

肚子上的，

手臂和腿上的小孔里流出来。

汉娜很高兴自己能从爷爷那儿得到这个满身是洞的

娃娃。

她按了按娃娃圆鼓鼓的肚子，

水从小孔里流得更快了。

汉娜想起了爷爷。

我觉得自己一天不如一天，好像身上到处都是洞。

我感觉自己的生命在慢慢流逝，而自己却没有办法抓住。

汉娜用手指把几个孔都堵住，

但是没有用。

水还是从其他漏洞里流了出来，

娃娃彻底空了。

汉娜给了它一个吻。

她把手从浴缸里伸出来，朝养老院的方向做了一个飞吻的姿势。

"我依然会永远爱你。"她说，

"不管你有没有漏洞……"

除了本书，《瓦力·德·邓肯作品系列》还包括以下几种：

《我的狼兄弟》

克杰勒，一个七岁的小男孩，总是独来独往。克杰勒的母亲经营着一家咖啡馆，平时非常忙碌，因此很少有时间陪伴他。幸运的是，克杰勒有一条叫亚扎的小狗，还有一位好朋友卢迪。因为某次事故，卢迪头部受伤。尽管卢迪有时的行为有些疯疯癫癫，但他却有着一颗金子般的心，希望给每个人都带来快乐。他给克杰勒做可口的饭菜，陪克杰勒玩各种有趣的游戏。克杰勒有三个表兄弟，经常在周末跟着父母来咖啡馆。克杰勒总是被三个表兄弟欺负得遍体鳞伤。但是他又不敢告诉任何人，害怕没有人相信他，担心给母亲带来麻烦。他只好通过画画来宣泄内心受到的伤害。直到有一天，老师通过克杰勒的画怀疑他正遭受儿童暴力的侵扰，并最终将他救了出来。

这是一部感人至深的作品。作者以扣人心弦的笔触，描述了三个表兄弟的虚伪、霸道，克杰勒的恐惧、痛苦、内疚和无助。作品犀利地揭露了由于不公正的欺凌造成的各种身体和心灵上的伤害，具有重要的警示意义。

《从何时开始》

　　斑点是一条狗，鼠儿是一只猫。他们共同生活在作家的院子里。斑点能够通过胃的感觉分辨出天气的好坏。他告诉鼠儿，但是她并不在意。

　　花园里下起了暴雨，造成了严重的后果：冰雹将露台的顶棚打落成碎片，大风吹倒了一排树，整个花园都被毁坏了。燕子掠过地面，海鸥因为两极融化而感到悲伤。地球开始变暖，斑点和鼠儿注意到了这个不好的征兆，但是多数人们似乎毫无察觉。

　　这本书讲了一个全球变暖的故事。当你经历过暴风雨的时候，你将会用一个不同的方式看待生活，它使你思考和反思。书的最后有许多关于故事的问题。拼贴风格的黑白插画使文本更有诗意。

《鸣叫的鱼》

　　一只麻雀站在水沟旁。她不愿意再做麻雀，她想成为一只孔雀，或者一只猫咪，一只熊。但麻雀就是麻雀，现在如此，将来也是如此。

　　或者会有转机？当麻雀遇见了鱼儿，他们成了好朋友，一起游泳，一起欢笑。麻雀想和鱼儿交换身体，于是他们一起念鼹鼠教的口诀，念完口诀，麻雀突然变成了鱼儿，鱼儿突然变成了麻雀，这真是很荒谬……

　　但是麻雀有着鱼儿的思想，鱼儿有着麻雀的思想。

　　这谁也改变不了，无论是蟾蜍还是老鹰，无论是奶牛还是布谷鸟，无论是白云还是大海。

　　瓦力·德·邓肯用简短的句子写出了一个发人深思的故事。你会一直做原本的自己吗？你希望改变吗？别人希望你改变吗？对于这个问题，麻雀和鱼儿心中都有了答案。潜入水沟深处，翱翔在蓝天之上。

《和尾巴聊天》

　　斑点是一条狗，鼠儿是一只猫。他们共同生活在作家的院子里，每天都在一起嬉戏。尽管他们时常捉弄对方，但仍然是相亲相爱的好朋友。

　　有一天，刚出生不久的小山羊小点点突然失踪了，大家惊慌失措，又因为胆怯而束手无策，只有斑点和鼠儿自告奋勇要把他找回来。寻找小点点的过程充满艰辛，因为没有谁能够或者愿意帮助他们：蜉蝣的寿命只有一天，她想尽可能多地吃掉一些空气；刺猬除了在奶牛身体下面喝奶以外，对其他事情没有任何兴趣；野鸡的一生都在逃亡，而树木却不会说话。在一片树林里，斑点和鼠儿被一群饥饿的鸟儿吓坏了，可怜的小山羊似乎要成为他们的腹中之物了。

　　这部作品用诙谐的笔调讲述了一个关于动物的有趣的冒险故事。故事里勇敢的狗和无所畏惧的猫都非常喜欢思考，并常常交流彼此的思想。本书曾获得2007年比利时少年儿童文学奖。

《影子的故事》

如果太阳高高挂在天上，云的位置刚刚好，空气足够厚，那么你就有百万分之一的机会和自己的影子说话。这样的事发生在了拉尔斯身上。

小黑是拉尔斯的影子，用拉尔斯脑海里的声音说话。拉尔斯想了解小黑世界的一切，于是自己变成了影子，小黑则进入拉尔斯的身体里，他享受着自己感觉到、闻到、尝到、看到和听到的一切。

妈妈发现情况有些不对劲。

拉尔斯还会回到现实生活中吗？

瓦力·德·邓肯常常被一些无法解答的问题萦绕着，他将这些问题融入自己的作品中。

克里斯多夫·德弗斯曾读过图文设计专业，是一名插画师。他颇具特色的插画为这部作品锦上添花。